Leselöwen

THiLO

Adventskrimis

Illustriert von Alexander Bux

LESELÖWEN
Das Original

www.leseloewen.de

FSC
www.fsc.org
MIX
Papier aus verantwortungsvollen Quellen
FSC® C023419

ISBN 978-3-7855-7450-8
1. Auflage 2013

Umschlagillustration: Alexander Bux
Reihenlogo: nach einem Entwurf
von Angelika Stubner
Printed in Italy

www.loewe-verlag.de

Inhalt

Die Nikolausbande

Tim ist furchtbar aufgeregt.
Bald ist Weihnachten.
Und heute ist auch noch
die Verkehrsprüfung.
Viel früher als sonst
geht Tim zur Schule.

Den ganzen Weg über
wiederholt er die Regeln:
„Im Auto immer anschnallen.
An der Ampel bei Rot stehen
und bei Grün gehen.
Am Zebrastreifen
müssen die Autos halten.“
An der Straße
streckt Tim den Arm aus.

Ein schwarzer Lieferwagen rast über
den Zebrastreifen hinweg.
Ohne anzuhalten.
„Müssen denn nur Kinder
auf die Verkehrsregeln achten?“,
schimpft Tim stinkesauer.
Der Lieferwagen hält
in einer Seitenstraße.
Wütend stapft Tim
auf das Auto zu.

Dem Fahrer wird er
die Meinung sagen!
Da springen drei Männer
aus dem schwarzen Lieferwagen.
Alle haben rote Mützen auf
und weiße Bärte umgebunden.
„Die gefürchtete Nikolausbande!“,
durchzuckt es Tim.
Schnell versteckt er sich.

Die Männer stemmen
die Tür zum Uhrenladen
mit einem Brecheisen auf.
Als sie im Geschäft verschwinden,
rennt Tim los.
Auf dem Schulhof wartet schon
Polizist Manfred.
„Die Nikolausbande
schlägt wieder zu!“,
brüllt Tim.

Manfred nimmt sofort das Funkgerät
und alarmiert seine Kollegen.
Fünf Minuten später
ist die Bande gefasst.
Tim und Manfred sehen zu,
wie die Männer abgeführt werden.
„Tja“, ruft Tim ihnen zu.
„Hättet ihr
bei der Verkehrsprüfung
besser aufgepasst.
Am Zebrastreifen
müssen die Autos halten!“

Der unsichtbare Dieb

Der Vater von Laura und Ben
ist zurzeit schlecht gelaunt.
In der Adventszeit isst er wenig,
damit er an den Feiertagen
richtig zuschlagen kann.
„Und jetzt werde ich
auch noch bestohlen!!“,
schimpft er.

Er ist Bäcker
und hat eine Bude
auf dem Weihnachtsmarkt.
Schon seit Tagen
verschwinden dort Plätzchen.
„Es reicht! Wir legen uns
auf die Lauer!“,
beschließt Ben.
Laura nickt.

„Aber wir erzählen Papa nichts.
Der denkt sonst,
dass es zu gefährlich ist.“
Am zweiten Adventssonntag
verstecken sich die Kinder
hinter einer Würstchenbude.
Direkt gegenüber von Papas Stand.

Ein Mann kauft
zwei Tüten Kokosmakronen.
Eine alte Dame möchte
Marzipankartoffeln.
Und zwei Kinder holen
Spekulatius für ihre Oma.
Dann kommt lange keiner mehr.
Laura und Ben wird es
langweilig hinter der Bude.

Und kalt.
Und es riecht so lecker
nach Bratwurst.
Plötzlich stupst Laura
ihren Bruder an.
„Das gibt's doch nicht!",
flüstert sie.
Wo eben noch eine
Tüte Mandelplätzchen lag,
ist jetzt nichts mehr!

„Der Dieb muss unsichtbar sein“,
vermutet Ben.
Laura lacht.
„Oder Krümel
auf seiner Jacke haben.“
Ben nickt, er hat verstanden.
Laura und Ben gehen zum Stand.
„Was macht ihr denn hier?“,
wundert sich Papa.

„Wir wissen nun,
wer die Kekse klaut“,
erklärt Laura.
Ben pikst seinem Vater
mit dem Finger in den Bauch.
„Du isst sie selbst!“
Papa wird rot.
„Wenn ihr Mama nichts verratet,
spendiere ich
eine Runde Bratwurst!“

Eine heiße Spur

Hannahs Vater ist Polizist.
Zur Adventsfeier darf Hannah
in die Polizeiwache mitkommen.
Überall hängen Sterne.
Es gibt Kekse und heißen Punsch.
Am allermeisten jedoch
freut sich Hannah
auf die Bratäpfel.

Da klingelt Papas Telefon.

„Die Autoknacker haben wieder einen Sportwagen geklaut“, berichtet er.

„Tut mir leid, Hannah.
Ich muss weg.“

Schnell geht er aus dem Zimmer.
Aber Hannah schleicht hinterher.

Als ihr Vater mit zwei
anderen Polizisten spricht,
krabbelt Hannah
in seinen Streifenwagen.
Mit Blaulicht sausen sie los.
„Hier habe ich mein Auto
vor drei Stunden abgestellt“,
jammert ein Mann im Anzug.

„Vor drei Stunden?“,
hört Hannah ihren Vater sagen.
„Dann sind die Autoknacker
längst über alle Berge.“
Hannah lugt aus dem Fenster.
Auf dem Parkplatz
schimmert ein kleiner Fleck.
Bunt wie ein Regenbogen.
Das ist frisches Öl!

Auf der Straße ist noch ein Fleck.
Und noch einer!
„Papa“, ruft Hannah.
Verdutzt schauen alle zu Hannah.
Papa will gerade schimpfen,
als Hannah auf die Spur zeigt.
„Sehr gut gesehen,
Kommissarin Hannah“,
sagt Papa.

„Wir verfolgen die Spur!“
Auch der Mann im Anzug kommt mit.
Langsam folgen sie der Ölspur
mit dem Streifenwagen.
Bis zu einem Autoverkäufer.
„Da steht ja mein Flitzer!“,
staunt der Mann.
Ein Preisschild ist
auch schon dran.

Aber verkauft
wird der Wagen nicht mehr.
Denn Hannahs Vater
nimmt den Autoknacker fest.
Eine halbe Stunde später
wird endlich gefeiert.
Und Hannah bekommt
den dicksten Bratapfel!

Der Überfall

Jonas bummelt durch die Stadt.
Morgen ist der vierte Advent.
Und er hat immer noch
kein Geschenk für Mama.
„Ohrringe? Kette? Wanderschuhe?“,
murmelt Jonas vor sich hin.
„Nein, zu teuer.“
Dann hat er eine Idee.

Schnell rennt Jonas
zum Laden von Frau Hansen.
Da gibt es fast alles.
Doch als er
das Geschäft betritt,
bekommt er einen Riesenschreck:
An der Kasse steht ein Mann.
Er bedroht Frau Hansen
mit einem Messer!

Ein Überfall!

Sofort geht Jonas in Deckung.

Er muss Frau Hansen helfen!

Bis die Polizei kommt,

ist es zu spät.

Gebückt läuft Jonas

hinter einem Regal entlang.

Der Dieb hält das Messer
unter Frau Hansens Nase.
„Ich brauche auch eine Waffe“,
denkt Jonas.
Da entdeckt er die Bratpfanne.
Jonas packt sie am Stiel.
Gleich fühlt er sich stärker.
Langsam schleicht er sich
von hinten an.

Nur noch zwei Schritte.
Lautlos hebt er die Pfanne
hoch über seinen Kopf.
„Jetzt!“, denkt er.
„Ich kaufe das Messer“,
sagt der Verbrecher da.
„Können Sie es mir
in Geschenkpapier einwickeln?“
Frau Hansen nickt freundlich
und nimmt dem Mann
das Messer ab.

„Ein schönes Geschenk“,
sagt sie.
Dann starrt sie Jonas an.
Der hält immer noch
die Pfanne in die Luft.
„Und du?“,
fragt Frau Hansen verwundert.
„Ich, äh, ich nehme
diese Bratpfanne“,
stammelt Jonas.

Auf dem Heimweg ist Jonas
gleich doppelt froh.
Frau Hansen
wurde nicht überfallen.
Und er hat endlich
ein Geschenk für Mama.

Ein klarer Fall

Hasso Schnüffler
liegt in seiner Hundehütte.
Eben will er
in seinen Knochen beißen.
Da klingelt sein Hundehandy.

„Privatdetektiv Schnüffler,
ich übernehme jeden Fall“,
knurrt er ins Telefon.
„Kommen Sie schnell!“,
flötet eine Stimme aus dem Hörer –
eindeutig eine junge Pudeldame.
Wenig später
ist Hasso vor ihrem Haus.

„Worum dreht sich’s,
schöne Frau?“,
bellt Hasso sie an.
Die Pudeldame
hechelt nervös.
„Mein Name ist Cinderella.
Kommen Sie mit“,
antwortet sie.
Cinderella stellt sich
auf die Hinterpfoten.

Mit der Schnauze zeigt sie
durchs Fenster.
„Mit meinem Frauchen
stimmt etwas nicht“,
schluchzt sie.
„Plötzlich legt sie
Tannenzweige ins Wohnzimmer.
Und zündet überall Kerzen an.“

Cinderella japst.
„Jetzt spielt mein Frauchen
auch noch mit Holzfiguren.
Ein erwachsener Mensch!“
Hasso nickt.
Das Frauchen der Pudeldame
stellt ein kleines Haus auf.

Darin stehen ein Ochse, ein Esel
und zwei Holzmenschen.
Da erinnert Hasso sich.
Weihnachten steht vor der Tür!
„Klarer Fall“, knurrt er.
„Das ist Adventsfieber,
völlig harmlos.
Das bekommen alle Menschen,
wenn es kalt wird.“
Er streichelt Cinderella mit der Pfote
über den Rücken.

„Keine Sorge.
Das geht von allein wieder weg.“
Cinderella lächelt ihn
glücklich an.
„Vielen Dank, Hasso!“,
haucht die Pudeldame.
„Kein Problem“, bellt Hasso.
„Macht drei Knochen
und zwanzig Leckerlis.“
Cinderella wackelt mit
dem Lohn heran.

„Wundern Sie sich nicht,
wenn es schlimmer wird“,
verabschiedet sich Hasso.
„Es kann gut sein,
dass Ihr Frauchen bald
einen ganzen Tannenbaum
ins Haus schleppt!“

Der Nikolaus sieht alles!

Langsam schlendert Anna
durch das Kaufhaus.
Sie würde gerne Kim
etwas schenken.
Nur so, weil Advent ist.
Kim ist ihre beste Freundin.
Doch Annas Sparschwein ist leer.

Die Regale sind voll
mit tollen Sachen.
Dann entdeckt sie die Teddys.
Die haben so ein weiches Fell!
Genau das richtige Geschenk
für Kim!
Anna beißt sich auf die Lippe.
Bestimmt merken die Verkäufer
gar nicht, wenn einer fehlt.

Ehe Anna weiter nachdenkt,
steckt der Teddy schon
unter ihrer Jacke.
Sofort wird sie knallrot.
Was hat sie da bloß gemacht!
„Schnell raus, bevor mich
der Detektiv erwischt!“,
denkt Anna.

Sie läuft zum Ausgang.
Neben der Tür sitzt ein Nikolaus.
Er verteilt Schokolade
an die Kinder.
Als er Anna sieht,
winkt er sie zu sich.
„Ja?“, fragt Anna leise.
Sie merkt, wie ihre Knie
ganz weich werden.

Der Nikolaus
sieht sie streng an.
„Warst du auch immer brav?“,
fragt er.
Anna schüttelt den Kopf.
Dabei fällt ihr
der Teddy aus der Jacke.
„Den wolltest du sicher
zurückbringen, oder?“,
erkundigt sich der Nikolaus.

Anna nickt schnell.
„Ja, klar!“, sagt sie.
Hastig setzt Anna den Teddy zurück in das Regal.
Als sie wieder an der Tür ist, zwinkert der Nikolaus ihr zu.
„Wusste ich’s doch“, meint er.
„Und jetzt versprichst du mir, so etwas nie wieder zu machen!“
Anna nickt.

„Ganz fest versprochen!“
Der Nikolaus schenkt ihr
eine riesige Tafel Schokolade.
„Die teile ich mir mit Kim“,
flüstert Anna.
„Danke, Nikolaus!“

Heimlichkeiten

In der Weihnachtszeit tun
alle immer so geheimnisvoll.
Das gefällt Philipp nicht.
Heute schon wieder!
Mama verschwindet einfach
in dem großen Spielzeugladen.
Und Philipp muss draußen warten.
„Geheimnis!“, hat Mama geflüstert.

Dabei war ja noch nicht einmal
der erste Advent!
Philipp sieht in die Luft.
Kleine Schneeflocken
fallen vom Himmel.
Plötzlich rempelt ihn ein Mann an.
Er trägt einen Kranz
aus Tannenzweigen.

„Kannst du nicht aufpassen?“, brummt der Mann.
„Hä?“, wundert sich Philipp.
„Da stimmt was nicht.“
Auf dem Kranz waren fünf Kerzen!
Den fünften Advent gibt’s ja wohl nicht!
Unauffällig läuft er hinter dem Mann her.

Bis zu dem kleinen Haus,
wo Frau Nettelbeck wohnt.
Die alte Frau macht die Tür auf.
Philipp hört genau zu.
„Ich bringe Ihren Adventskranz“,
sagt der Mann freundlich.
„Ich habe gar keinen bestellt“,
antwortet Frau Nettelbeck.

Der Mann lacht.
„Überraschung von Ihrem Sohn!
Sie müssen hier unterschreiben.“
Da lächelt die alte Frau.
„Warten Sie,
ich hole schnell einen Stift“, sagt sie.
Da passiert es!
Als die Frau im Haus verschwindet,
lässt der Mann den Kranz fallen.

Dann schnappt er sich
die Handtasche von
Frau Nettelbeck.
Die stand im Flur
auf einem Schrank.
Hastig rennt der Dieb
in die Stadt zurück.
Doch Philipp hat ein Foto
mit seinem Handy gemacht.

Die Nummer der Polizei ist 110,
die weiß er auswendig.
Und tatsächlich!
Mithilfe seines Bildes
schnappen die Polizisten
den Handtaschenräuber.
Als Mama aus dem Geschäft kommt,
wird Philipp gerade
selbst fotografiert.

Für die Zeitung.
„Was ist passiert?“,
will Mama wissen.
Philipp grinst und flüstert ihr zu:
„Geheimnis!
Ich sage nur so viel:
Jemand hat sich verzählt
und nicht mit mir gerechnet!“,

Die ersten 20 Lebensjahre verbrachte **THiLO** in der Kinderecke der elterlichen Buchhandlung. Heute lebt er mit seiner Familie in Mainz und schreibt neben seinen Romanen auch Drehbücher fürs Fernsehen. Mehr über THiLO und seine Geschichten erfahrt ihr im Internet unter www.thilos-gute-seite.de.

Alexander Bux, 1970 in Augsburg geboren, war als Kind leidenschaftlicher Monster- und Drachenmaler. Er hat Grafikdesign mit den Hauptfächern Illustration und Typografie studiert. Jetzt lebt er mit seiner Familie in Hamburg und illustriert mit großer Freude Kinderbücher.

Lesepiraten

ISBN 978-3-7855-7440-9

Der Mond scheint geheimnisvoll, als Tim am Strand einen leuchtenden Kristall entdeckt. Kaum hat er den magischen Stein berührt, da ist er auch schon im Reich der Tiefsee-Agenten. Diese geheime Spezialeinheit sorgt für die Sicherheit des Meeres. Doch jetzt brauchen die Agenten ganz dringend Tims Hilfe …

LESELÖWEN
Das Original

Lesepiraten

ISBN 978-3-7855-7351-8

ISBN 978-3-7855-7840-7

ISBN 978-3-7855-7554-3

ISBN 978-3-7855-7664-9

ISBN 978-3-7855-7215-3

ISBN 978-3-7855-7002-9

Die Reihe *Lesepiraten* bietet viele tolle Geschichten für Erstleser ab 7 Jahren. Die klare Textgliederung in Sinnzeilen garantiert ein müheloses Erfassen des Inhalts und ermöglicht so auch weniger geübten Lesern ein schnelles Erfolgserlebnis. Zahlreiche farbige Illustrationen sorgen darüber hinaus für ausreichend Lesepausen. Also, Schiff ahoi mit den *Lesepiraten* – das Meer der Geschichten wartet!

Leselöwen Das Original